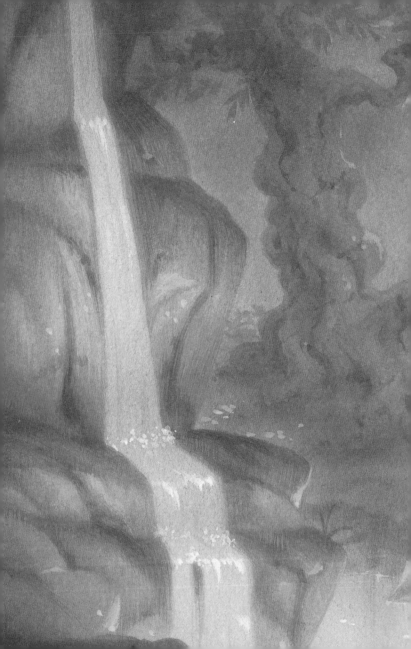

Clochette au nord du Pays Imaginaire

TEXTE
KIKI THORPE

ADAPTATION
ANDRÉE DUFAULT-JERBI

ILLUSTRATIONS
JUDITH HOLMES CLARKE,
ADRIENNE BROWN ET CHARLES PICKEN

PRESSES AVENTURE

© 2010 par Disney Enterprises, Inc. Tous droits réservés.

Presses Aventure, une division de

Les Publications Modus Vivendi inc.
55, rue Jean-Talon Ouest, 2ᵉ étage
Montréal (Québec) H2R 2W8
Canada

Publié pour la première fois en 2009 par Random House
sous le titre : *Disney Fairies, Tink North of Never Land*

Dépôt légal - Bibliothèque et Archives nationales du Québec, 2010
Dépôt légal - Bibliothèque et Archives Canada, 2010

ISBN : 978-2-89660-018-2

Nous reconnaissons l'aide financière du gouvernement du Canada par l'entremise
du Programme d'aide au développement de l'industrie de l'édition (PADIÉ)
pour nos activités d'édition.

Gouvernement du Québec – Programme de crédit d'impôt
pour l'édition de livres – Gestion SODEC

Imprimé en Chine

Tout sur les fées

Si vous vous dirigez vers la deuxième étoile sur votre droite, puis volez droit devant vous jusqu'au matin, vous arriverez au Pays Imaginaire. C'est une île enchantée où les sirènes s'amusent gaiement et où les enfants ne grandissent jamais : c'est pour cela qu'on l'appelle aussi l'île du Jamais.

Quand vous serez arrivé là-bas, vous entendrez sûrement le délicat tintement de petites clochettes. Suivez donc ce son doux et léger et vous parviendrez alors à Pixie Hollow, qui est le cœur secret du Pays Imaginaire.

Au centre de Pixie Hollow s'élève l'Arbre-aux-Dames, un grand et vénérable érable, où vivent et s'affairent des centaines de fées et d'hommes-hirondelles. Certains d'entre eux excellent en magie aquatique, d'autres volent plus vite que le vent et d'autres encore savent parler aux animaux. Sachez aussi que Pixie Hollow est le Royaume des Fées et que chacune de celles qui habitent là a un talent unique et extraordinaire.

Non loin de l'Arbre-aux-Dames, nichée dans les branches d'un aubépinier, veille Maman Colombe, le plus magique de tous ces êtres magiques. Jour et nuit, elle couve son œuf tout en gardant un œil vigilant sur ses chères fées qui, à leur tour, la protègent de tout leur amour.

Aussi longtemps que l'œuf magique de Maman Colombe existera, qu'il sera beau, bleu, lisse et brillant comme au premier jour, aucun des êtres qui peuplent le Pays Imaginaire ne vieillira. Il est pourtant arrivé un jour que cet œuf soit brisé. Mais nous n'allons pas raconter ici le périple de l'œuf. Place maintenant à l'histoire de Clochette !

1

Le dernier arrivé au pré est une groseille!
Terence, tu n'as aucune chance, s'écrie Clochette
en s'élançant à tire-d'aile.

À Pixie Hollow, l'air du petit matin est pur
et frais. Sous les ailes de la fée, l'herbe verte
parsemée de rosée scintille grâce aux rayons
du soleil.

En contournant un bosquet de pieds-
d'alouette, Clochette aperçoit le pré et les fées
Cueilleuses en train d'amasser des gerbes de

boutons-d'or. Quelques souris Fermières scrutent l'herbe çà et là à la recherche de graines.

Clochette jette un coup d'œil derrière elle et constate que son ami Terence, un homme-hirondelle au talent d'Empoudreur, se trouve encore loin derrière. La fée pivote sur elle-même et se met à faire vol arrière.

Un papillon à aile unique ferait plus vite que toi! lance-t-elle pour le taquiner.

Terence sourit. Au moment où il va répondre, il voit quelque chose fendre l'air et se diriger tout droit vers Clochette!

Clochette, fais attention! hurle-t-il.

Clochette lève les yeux et s'esquive à tire-d'aile. Il était temps!

La chose passe en trombe devant elle et Clochette se rend compte qu'il s'agit de Twire, une fée Ferrailleuse. La fée vole tant bien que mal en tenant dans ses bras une grosse pièce de métal.

Moins d'une seconde plus tard, les ailes de la fée s'arrêtent tout net, et Twire plonge vers le sol.

Twire! s'écrie Clochette.

Elle descend en piqué, accompagnée de Terence, pour tenter de rattraper la fée. Mais en vain. La fée dégringole trop rapidement pour eux.

Twire laisse enfin tomber le lourd objet. Il se heurte contre le sol. Aussitôt, Twire s'écrase juste à côté en évitant de justesse l'une des souris Fermières. Celle-ci s'enfuit en poussant un petit cri apeuré.

Sens dessus dessous, Twire dégringole pour s'arrêter brusquement en s'étalant sur le dos. Clochette et Terence s'élancent dans sa direction.

Twire, est-ce que ça va? demande Terence.

La Ferrailleuse se redresse lentement en chancelant. Ses coudes et ses genoux sont écorchés et l'une de ses ailes est tordue. Malgré tout, la fée brille d'excitation.

Venez voir ce que j'ai trouvé, dit-elle à bout de souffle en pointant l'objet du doigt. Il est rond, fait de cuivre et comporte un cadran vitré comme celui d'une horloge. Mais il n'a qu'une seule aiguille, aussi longue que le bras d'une fée, au lieu de deux.

Qu'est-ce que c'est? demande Terence.

Je ne sais pas, répond Twire en secouant la tête. J'ai trouvé cet objet sur la plage. Mais regardez donc tout ce cuivre!

Le talent de Twire consiste à récupérer la ferraille dont personne ne veut pour la refondre et la remanier en un tas d'objets utiles. Habituellement, elle déniche quelques bouts d'étain ou un seau couvert de rouille qu'on ne peut rétamer. Elle met rarement la main sur un morceau en cuivre massif de cette taille.

Terence tente de pousser l'objet du bout du pied.

Cette chose est terriblement lourde, dit-il. Pourquoi ne l'as-tu pas saupoudrée de poussière de fées avant de la soulever ?

Une mesure de poussière de fées suffisait à faire flotter presque n'importe quoi. D'ailleurs, les fées en utilisaient souvent pour transporter les objets lourds.

C'est ce que j'ai fait. Je suppose que j'en ai mis trop peu, avoue Twire, l'air penaud.

La fée utilisait toujours très peu de poussière de fées. Elle n'y pouvait rien, sa nature de Ferrailleuse la rendait très économe.

J'ai déjà vu un de ces objets. Ce sont des boussoles. Les Empotés les utilisent pour éviter de s'égarer.

Empoté est le nom que les fées utilisent pour désigner les humains. Clochette en avait appris davantage à leur sujet lors des ses aventures avec

Peter Pan. Elle avait vécu des années dans la tanière de ce dernier et accompagné les Garçons Perdus dans leurs voyages. Cette période de sa vie compte d'ailleurs parmi ses souvenirs les plus chers.

Les boussoles sont des objets très utiles, ajoute-t-elle en se rappelant ce que lui avait dit Peter à leur sujet.

Twire est déçue. Si la boussole est encore utile, elle ne pourra pas la refondre.

Mais celle-ci ne vaut plus rien, bredouille-t-elle. Le cuivre est tout terni.

Le cuivre n'a pas d'importance, dit Clochette. C'est l'aiguille qui compte. Elle indique toujours le nord, peu importe la direction dans laquelle on fait tourner la boussole.

Clochette tente de faire bouger la boussole sur le sol pour appuyer ses dires. Terence lui vient en aide et, à deux, ils réussissent à lui faire faire un tour complet. Mais au lieu de pointer vers le nord, l'aiguille ne fait que tourner sur elle-même.

Elle est brisée, s'écrie joyeusement Twire.

Je peux la réparer, dit Clochette.

Twire regarde Clochette d'un air renfrogné. Clochette soutient son regard sans broncher. Bien que les deux fées soient des amies, elles s'opposent souvent l'une à l'autre. Tandis que Clochette préfère réparer les objets brisés, Twire préfère les refondre pour les remanier.

Les deux fées se lancent des regards furieux pendant quelques instants.

D'accord, Clochette, elle est à toi, finit par dire Twire en soupirant profondément.

Elle lorgne le cuivre de la boussole, puis elle s'envole pour chercher d'autres ferrailles.

Après le départ de Twire, Terence se penche sur la boussole et fait semblant de l'étudier. Mais il ne s'y intéresse pas vraiment cependant.

En fait, il veut tout simplement se rapprocher de Clochette.

Terence aime bien Clochette. Il admire ses jolies fossettes et sa queue de cheval blonde toute frémissante. Il est épaté par son talent de Rétameuse. Pour lui, ce talent est le meilleur après celui d'Empoudreur. Il adore la voir sourire, mais cela ne le dérange pas lorsqu'elle se renfrogne. Cela fait tout simplement partie de son caractère. Mais le plus important est que Clochette est toujours naturelle. Aucune autre fée ne lui ressemble.

Clochette pose les mains sur la boussole. Ses ailes frémissent d'excitation. Elle n'a jamais réparé quelque chose du genre auparavant. Mais elle sait qu'elle peut y arriver. Elle est la meilleure fée Rétameuse de tout Pixie Hollow.

Veux-tu que je t'aide à transporter la boussole à ton atelier ? demande Terence.

Clochette acquiesce en hochant la tête.

Terence saupoudre de la poussière de fées sur la boussole. En se remémorant l'atterrissage forcé de Twire, il rajoute une pincée par mesure de précaution. Puis, Clochette et Terence s'élèvent ensemble au milieu des airs.

Ils atteignent l'atelier de Clochette en transportant la boussole entre eux. Mais la porte de l'atelier, adaptée à la grandeur d'une fée, s'avère un problème. La boussole reste coincée lorsqu'ils tentent de la pousser à l'intérieur de la pièce. Malgré tous leurs efforts, elle refuse de bouger.

Comment allons-nous faire ? demande Terence.

Il s'affaisse contre la paroi en cuivre de la boussole.

Je vais la rapetisser, dit Clochette après avoir réfléchi un moment.

Ce genre de magie, comparativement à la magie de Rétameuse, est plus difficile. Mais Clochette sait qu'elle peut y arriver.

Elle enduit la boussole de poussière une fois de plus. Puis, elle ferme les yeux. Terence se tient à côté d'elle, prêt à lui venir en aide.

« Terence est si gentil, songe Clochette, il ferait n'importe quoi pour aider un ami. »

Elle se souvient qu'il l'avait accompagnée à la tanière de Peter Pan pour récupérer un marteau qu'elle y avait laissé. Il avait compris sans qu'on ait à le lui dire que Clochette avait besoin qu'on lui vienne en aide. Et il était accouru sans qu'on le lui demande.

« Il est aussi très talentueux, songe toujours Clochette. Il arrive à mesurer des quantités de poussière sans perdre un seul grain. Et il a un joli sourire. Son sourire brille comme le soleil. »

Clochette sursaute lorsqu'elle se rend compte qu'elle songe à Terence, et non à la boussole. Elle ouvre les yeux et croise le regard de Terence. L'homme-hirondelle lui sourit.

Clochette fronce les sourcils, détourne les yeux et lui tourne le dos.

Est-ce que je peux t'aider, Clochette? demande Terence.

Je n'ai pas besoin d'aide, dit Clochette. La fée n'aime pas qu'il se tienne aussi près d'elle. En fait, elle préférerait qu'il ne soit pas là du tout.

Elle ferme les yeux à nouveau. Mais cette fois, elle ne songe plus qu'à la boussole. Elle l'imagine en train de devenir de plus en plus petite, le métal se contractant, se compressant...

La boussole rapetisse un tout petit peu. Mais juste assez pour que Terence réagisse. En la voyant rapetisser, il lui donne une grande poussée. Avec un grand crissement de métal, la boussole roule à l'intérieur de la pièce.

Terence se rend aussitôt compte qu'il a commis une erreur. La boussole se dirige tout droit vers la table de travail de Clochette, où sont précairement empilés casseroles et chaudrons. L'homme-hirondelle se précipite pour stopper la boussole.

Ce faisant, ses ailes font dégringoler un petit bol en argent qui reposait sur une tablette.

Le bol tombe et tournoie sur le sol tout juste devant la...

Non! s'écrie Clochette.

Crac! La boussole écrase complètement le petit bol sur son passage, aussi facilement que l'on froisse une feuille de papier.

Clochette écarte Terence de son chemin et prend le petit bol tout aplati dans ses mains.

Je ferais vol arrière si... fait Terence en se répandant en excuses.

Regarde ce que tu as fait, Terence! rugit Clochette en frémissant de colère de la tête aux pieds. Chaque fois que je me retourne, je te trouve sous mes ailes. Si tu veux vraiment m'aider, tu n'as qu'à me laisser tranquille!

Terence recule comme si on l'avait frappé. Sans dire un mot, il se détourne et s'envole hors de l'atelier.

2

Clochette regarde Terence s'éloigner. Elle espère vaguement qu'il va faire demi-tour et revenir vers elle. Mais Terence disparaît bientôt de sa vue.

Clochette fronce les sourcils et tiraille sa frange. Peut-être s'est-elle montrée un peu dure envers lui?

Mais il me suit partout où je vais, gémit-elle, comme pour se convaincre. Je me bute constamment à lui. Et maintenant, regardez donc tout ce beau gâchis!

La fée examine le petit bol écrasé. Il est aussi plat qu'une assiette.

Ce n'est rien, ce n'est rien, murmure-t-elle. Je vais tout arranger en un rien de temps.

Elle laisse courir ses doigts avec amour sur l'argent poli. Bien que Clochette raffole de tout ce qui est fait de métal, ce petit bol lui est particulièrement cher. Il est la toute première pièce qu'elle avait rétamée en arrivant au Pays Imaginaire. Elle n'était pas certaine de pouvoir y arriver, mais, tout compte fait, elle était très fière des résultats.

Clochette se détend dès qu'elle prend son marteau de Rétameuse entre ses mains. Elle se concentre aussitôt sur son travail et parvient presque à oublier Terence.

Terence file à travers Pixie Hollow sans vraiment regarder où il va. Les paroles de Clochette

résonnent encore à ses oreilles. Il ignorait qu'elle se sentait ainsi. Il la fréquentait depuis des lustres. Peut-être l'avait-elle toujours considéré comme un casse-pieds?

« Je vais la laisser tranquille, dorénavant », se promet Terence.

Cette idée le rend très triste, mais que peut-il faire d'autre? Clochette ne veut plus le voir.

Alourdi par ces sombres pensées, Terence vole à peine à quelques centimètres au-dessus du sol. Ses pieds frôlent le sommet des brins d'herbe sur son passage; Terence erre sans fin jusqu'à ce qu'il arrive au lac Minnow. En réalité, le lac n'est qu'une flaque d'eau, mais il semble très vaste aux yeux des résidents de Pixie Hollow. Bien qu'ils ne sachent pas nager, bon nombre de fées et d'hommes-hirondelles aiment y venir pour se prélasser au soleil ou pour se tremper les pieds dans l'eau fraîche.

Terence vole au-dessus de l'onde, ses orteils faisant gicler l'eau au passage. Ses bottines sont trempées, mais il ne le sent pas.

Soudain, une masse confuse le dépasse en trombe. Terence lève les yeux et aperçoit Silvermist, une fée Aquatique. Elle glisse sur l'eau, sur un seul pied, aussi gracieuse qu'une patineuse artistique, ses longs cheveux noirs aux reflets bleutés ondulant derrière elle.

Silvermist revient vers Terence en souriant. Elle note aussitôt son visage sombre.

Terence, que se passe-t-il? On dirait que tu viens de perdre ton meilleur ami, lui dit-elle.

Terence la regarde d'un air surpris. Comment sait-elle cela?

Mais Silvermist ignore qu'il en est ainsi. À l'instar des autres Aquatiques, elle est dotée d'une nature très sensible; elle voit bien que Terence a de la peine.

Je connais quelque chose qui va sûrement te remonter le moral, poursuit-elle. Le patinage aquatique! Cela te dit?

Bien sûr, mais je ne sais pas comment faire, dit-il en la regardant tourbillonner sur place. Seules les Aquatiques peuvent marcher sur l'eau.

C'est faux! dit Silvermist. La fée pivote sur le bout des orteils et s'éloigne à toute vitesse.

Elle revient au bout de quelques instants, une paire de sandales vertes munies de larges semelles plates à la main. Elle les offre à Terence.

Enfile ces planeuses, lui dit-elle. Elles sont confectionnées à partir de feuilles de nénuphar. Elles te permettront de rester à flot.

Terence regarde les planeuses d'un œil douteux. Mais il finit par les enfiler par-dessus ses bottines. Il dépose précautionneusement un pied sur la surface du lac, puis l'autre.

Il est debout sur l'eau!

Oups!

Terence perd pied, mais évite de tomber à l'eau en se retenant par les ailes.

Tu vas t'habituer très vite, dit Silvermist. C'est plus facile de marcher que de rester immobile. Tes ailes t'aideront à conserver ton équilibre.

Terence avance d'un pas prudent. Il constate avec étonnement combien l'eau est spongieuse; il a l'impression de marcher sur un épais tapis de mousse.

Il avance d'un autre petit pas. Puis, il enfile trois pas de géant en battant des ailes entre chacun. Le pied qu'il dépose sur l'eau rebondit aussitôt. En un rien de temps, Terence fait le tour du lac en bondissant. Pour la première fois depuis sa brouille matinale avec Clochette, Terence sourit.

Clochette s'étire de tout son long et pousse un petit soupir heureux. Elle a travaillé très fort tout l'après-midi. Après avoir réparé le petit bol en argent, elle s'est attaquée à la boussole.

À ce rythme, je l'aurai réparée d'ici demain, dit-elle.

Elle se lève et vole hors de son atelier. Une fois dehors, elle met le cap sur le pré.

« Je vais cueillir une cerise, se dit-elle. J'ai comme un petit creux. »

Clochette suit le tracé de la berge du ruisseau Havendish. En arrivant à la hauteur du lac Minnow, elle entend résonner des rires.

« C'est le rire de Terence », songe-t-elle.

Aussitôt, elle se remémore l'incident du matin.

« J'y suis peut-être allée un peu fort, se dit-elle. Après tout, je n'ai eu aucun mal à réparer mon petit bol. »

Clochette hausse les épaules.

« *Bah!* Elle lui offrirait un gentil sourire et tout serait comme avant », se convainc-t-elle.

Clochette vole vers le lac et se pose sur la berge. Terence glisse sur la surface du lac comme un patineur aquatique. Silvermist virevolte sur l'eau tout juste derrière lui.

Clochette agite la main depuis le rivage. Silvermist ne la voit pas, mais Terence, oui. Il est sur le point de répondre à son geste, mais il se souvient de sa promesse. Ses bras demeurent immobiles le long de son corps.

Clochette fronce les sourcils. Ne l'ont-ils donc pas vue? Elle agite la main à nouveau. Cette fois, elle est bien certaine que Terence a jeté un coup d'œil dans sa direction. Mais l'homme-hirondelle se détourne et s'éloigne en bondissant sur l'eau.

Clochette laisse retomber son bras.

Eh bien! dit-elle au bout d'un moment. Je suis contente que Terence ait trouvé quelqu'un avec qui jouer au moins.

La fée Rétameuse secoue sa queue de cheval et poursuit son chemin.

Le lendemain matin, Terence se lève tôt. Lorsque les premiers rayons de soleil illuminent Pixie Hollow, il emplit un sac de jute de poussière de fées. Puis, il s'en va faire sa ronde. En tant qu'Empoudreur, il doit s'assurer que toutes les fées et les hommes-hirondelles de Pixie Hollow disposent d'assez de poussière pour user de leur magie.

Tout en volant, Terence essaie de ne pas penser à Clochette. Mais ce n'est pas facile. Les champs de bleuets lui rappellent la couleur de ses yeux et les prés couverts de boutons-d'or, celle de ses cheveux. Lorsque l'homme-hirondelle avait croisé Iridessa, une fée Lumineuse, sur sa route, il avait tenté de ne pas songer à Clochette. Toutefois, il n'y était pas arrivé plus d'une heure.

En ce moment, Iridessa est penchée, la tête la première dans un gros lys. Le lys brille de l'intérieur, telle une lanterne orange géante. Terence tapote gentiment le pied d'Iridessa pour lui faire savoir qu'il est là.

Iridessa laisse tomber un petit cri et redresse la tête. Ses cheveux et l'une de ses joues sont maculés de pollen jaune.

Terence! Tu pourrais faire tomber toute la poussière d'une fée en surgissant comme cela!

Comme tu dis, soupire Terence. Et dire que c'est mon travail de saupoudrer la poussière *sur* les fées, poursuit-il en tirant une pleine mesure

36

de poussière de son sac pour la déverser sur Iridessa.

La fée frissonne légèrement lorsqu'elle sent la poussière se déposer sur elle.

Alors, pourquoi récoltes-tu du pollen? demande Terence. Es-tu devenue une fée Jardinière?

Viens avec moi, dit-elle. Je vais te montrer.

Iridessa s'empare de son panier rempli de pollen. Elle emmène Terence dans une clairière et lui demande de s'asseoir.

Pendant quelques instants, Iridessa volette sur place tout en se concentrant. Puis, elle lève les mains et se met à soutirer la lumière environnante qui illumine le ciel.

Émerveillé, Terence la regarde faire. Toutes les fées et tous les hommes-hirondelles détiennent, bien sûr, un talent magique, et Terence adore le sien par-dessus tout. Mais la magie dont sont capables les autres fées le fascine tout autant.

Lorsque Iridessa baisse enfin les bras, elle et Terence se retrouvent au cœur d'un halo sombre. Cela fait penser au cercle de lumière que projette un feu de camp par une nuit sans étoiles. Mais au lieu d'un point brillant dans la noirceur, Iridessa avait créé une petite niche sombre au milieu du jour.

38

C'est stupéfiant! dit Terence.

Iridessa le regarde. Les rayons du soleil qu'elle a recueillis au ciel sont entassés dans de petites sphères à ses pieds.

Le meilleur reste à venir, dit-elle. Mais j'ai besoin qu'il fasse sombre, sinon tu ne verras pas ce que je vais faire.

La fée prend un peu de lumière et la façonne en une bulle. Puis, elle remplit la bulle avec du pollen qu'elle a puisé de son panier. Elle lève le bras loin en arrière et le propulse en l'air aussi fort que possible.

Terence regarde la bulle de lumière monter vers le ciel, puis éclater avec un bruit sec. Une pluie de pollen doré retombe doucement, à l'instar d'un feu d'artifice. Mais il n'y a pas de feu, seulement du pollen, de la lumière et de la magie.

« J'aimerais tant que Clochette puisse voir ceci », songe Terence.

C'est remarquable ! dit-il à Iridessa.

Ravie du compliment, la fée lance deux autres bulles remplies de pollen. Elles éclatent en une pluie d'étincelles dorées.

Attends ! dit Terence en bondissant sur ses pieds. J'ai une idée ! Essaie avec de la poussière de fées.

Iridessa façonne une autre bulle, que Terence emplit de poussière puisée dans son sac.

La bulle remplie de poussière de fées s'élève dans les airs avant même qu'Iridessa ne la lance. Elle monte jusqu'aux confins de la niche sombre.

La bulle éclate au moment même où Terence songe qu'elle va s'échapper de la niche sombre et disparaître du côté de la lumière. Des étincelles bleues, violettes, vertes, jaunes, orange et rouges aux couleurs de l'arc-en-ciel scintillent de tous leurs feux.

Émerveillés, Terence et Iridessa admirent le spectacle. Des étincelles se reflètent au fond de leurs yeux.

Ça y est! s'écrie Clochette.

Elle recule un peu pour mieux voir l'aiguille de la boussole osciller. Elle est certaine d'avoir réussi à la réparer. La fée fait tourner la boussole et voit l'aiguille indiquer le nord. Oui, elle a bel et bien réussi!

Clochette étire les bras et soupire de plaisir. Comme elle apprécie le travail bien fait! Elle fait tourner la boussole encore quelques fois, histoire d'admirer son travail.

Peu à peu cependant, la Rétameuse sent qu'il manque quelque chose. Elle s'assure d'avoir son marteau de Rétameuse avec elle. Puis, elle vérifie ses autres outils. Ils sont bien là.

Elle jette un coup d'œil autour de l'atelier. Tout semble être à sa place. Les rivets sont entassés dans un panier. Les petits tubes de colle sont alignés sur le bord de la fenêtre. Le petit bol en argent repose à nouveau sur la tablette, là où il se trouvait avant que Terence ne le fasse tomber par terre.

Terence! Clochette comprend soudain que c'est *l'homme-hirondelle* qui manque à l'appel. Habituellement, il s'arrête un moment pour la voir. Mais il n'est pas venu aujourd'hui.

« Il doit être occupé, songe Clochette, après tout, il a du travail lui aussi. »

Je vais passer au moulin à poussière pour le voir, dit-elle. Le moulin est l'endroit où Terence passe le plus clair de son temps.

Clochette sort de son atelier. Elle vole à flanc de colline le long de la pente qui mène au moulin. Ce dernier est situé au bord du ruisseau Havendish.

La fée passe la double porte du moulin. L'intérieur est sombre et l'air y est plus frais. Plusieurs fées et hommes-hirondelles s'affairent dans un coin, mais Terence ne se trouve pas parmi eux.

Clochette ressort du moulin en volant. Elle constate avec étonnement combien sa déception est grande.

En se dirigeant vers l'Arbre-aux-Dames, Clochette voit une lueur flotter au-dessus d'un champ. Une seconde lueur suit la première.

« Des lucioles ? songe-t-elle. Non, c'est impossible. Les lucioles ne sortent que la nuit. »

Clochette s'approche pour regarder de plus près.

En atteignant le champ, la fée s'arrête et ouvre de grands yeux. Une petite clairière se dessine au centre du pré. Le soleil à beau briller de tous ses feux, la clairière est plongée dans la pénombre. De petits bouquets d'étincelles jaillissent au sein de cette noirceur, semblables en tous points à des fleurs.

En regardant encore plus attentivement, la fée aperçoit deux silhouettes minuscules sur le sol. L'une d'elles est celle de son amie Iridessa. Clochette plisse les yeux et cligne les paupières de surprise. L'autre silhouette est celle de Terence ! Les deux complices battent des mains et chahutent sous le coup de chaque explosion.

Voletant aux confins de la petite niche sombre, Clochette se sent étrangement exclue.

4

Ce soir-là, Clochette se dirige en toute hâte vers la cour arrière de l'Arbre-aux-Dames. Le soleil décline déjà à l'horizon et l'heure des contes approche à grands pas. La fée ne veut pas être en retard.

Une fois le repas du soir terminé, les fées Conteuses viennent narrer leurs histoires. Ce soir, c'est au tour de Tor. Tor est l'un des Conteurs préférés de Clochette. Il connaît le folklore des fées mieux que la plupart des fées, même lorsqu'elles mettent leurs connaissances en commun.

Les fées et les hommes-hirondelles sont déjà en train de prendre place dans la cour. Clochette tente de repérer Terence; les deux amis s'assoient toujours ensemble à l'heure du conte.

La foule se fait de plus en plus nombreuse; chacun s'installe sur l'un des champignons qui bordent la cour.

Clochette tiraille sa frange en se demandant où peut bien se trouver Terence. S'il n'arrive pas bientôt, tous les bons sièges seront occupés !

De l'autre côté de la cour, Terence aperçoit Clochette. Le siège voisin du sien est libre, et il aimerait bien que ce soit Clochette qui l'occupe.

« Mais nous ne sommes plus amis », se remémore-t-il.

Tandis qu'il hésite, Terence entend quelqu'un dire son nom. Il regarde autour de lui et aperçoit Rosetta qui volette derrière lui.

Est-ce que ce siège est libre? demande-t-elle en pointant du doigt le siège voisin.

Terence hoche la tête pour faire signe que oui.

Rosetta s'assoit sur le champignon en étalant sa jupe en pétales de roses avec soin. Elle fait bouffer ses cheveux, croise ses chevilles délicates et entrelace ses mains sur les genoux. Avec ses longues boucles auburn, ses joues roses et ses ailes élégantes, Rosetta est l'une des plus jolies fées de tout Pixie Hollow. Ce qu'elle n'est pas sans savoir d'ailleurs.

Une fois installée, elle se tourne vers Terence. C'est à ce moment qu'elle note le visage triste de l'homme-hirondelle.

Oh! dit-elle avec horreur.

Qu'est-ce qu'il y a? dit Terence en bondissant hors de son siège.

« Peut-être qu'une fourmi rouge a grimpé sur son champignon », pense-t-il.

Tu ne devrais pas froncer les sourcils comme cela, dit Rosetta d'une voix grave. Ton visage pourrait rester coincé. C'est ce qui est arrivé à une fée de ma connaissance. Ses sourcils sont restés froncés et depuis elle a toujours l'air aussi pincé qu'une punaise. C'est pourquoi je souris toujours. Au moins, je sais que je serais toujours jolie si mon visage venait à rester coincé, conclut-elle avec un sourire éclatant.

Les conseils de Rosetta n'ont cependant aucune emprise sur Terence. C'est qu'il n'accorde pas beaucoup d'intérêt à son apparence. Mais le sourire de Rosetta retient son attention. Il est si charmant qu'il ne peut s'empêcher de sourire à la fée en retour.

Au même moment, Clochette aperçoit enfin Terence. Elle reste bouche bée en constatant que Terence ne lui a pas réservé un siège.

Il est assis avec Rosetta et ils ont l'air très heureux ensemble !

Clochette a soudain l'estomac noué. Mais avant qu'elle puisse faire quoi que ce soit, la foule se fait silencieuse. Le conte est sur le point de commencer. Clochette jette un coup d'œil rapide autour d'elle et constate que tous les sièges sont maintenant occupés.

Psitt ! Clochette !

Fawn, une fée Soigneuse, agite la main dans sa direction.

Viens t'asseoir avec moi, chuchote-t-elle.

Clochette vole vers elle et se fait une toute petite place sur le champignon qu'occupe Fawn. Ce faisant, une odeur rance lui chatouille les narines.

Quelle est cette odeur ? chuchote-t-elle à Fawn.

Oh ! c'est probablement moi ! Je jouais au jeu du chat avec quelques putois un peu plus tôt, répond Fawn. Et je n'ai pas eu la chance de prendre un bain.

Clochette hoche la tête tout en retenant son souffle. Au moins, elle avait un siège.

Tor, le conteur, atterrit au centre de la cour. Les yeux brillants, il regarde la foule tout autour.

Il y a fort, fort longtemps, avant que l'Arbre-aux-Dames n'existe, avant l'arrivée de Maman Colombe, la magie des fées existait grâce à l'Arbre à poussière.

Clochette laisse échapper un petit soupir d'aise. Elle connaît bien l'histoire de l'Arbre à poussière. C'est l'une de ses histoires préférées.

En ce temps-là, Pixie Hollow était immense, poursuit Tor. Il s'étendait par-delà les montagnes, les forêts et les rivières.

Clochette chuchote les mots suivants en même temps que le conteur :

De nombreuses années se sont écoulées depuis.

L'Arbre à poussière se dressait au centre de tout, dit Tor. La poussière se déversait sans arrêt depuis les profondeurs de son tronc. Comme la poussière était riche et abondante, la magie des fées l'était aussi...

Au fur et à mesure que Tor raconte, l'Arbre à poussière semble prendre vie sous les yeux des fées. Clochette imagine chaque détail, depuis ses branches tortueuses jusqu'à ses racines robustes. Elle entend les feuilles bruisser et ressent le souffle qu'émet chaque bouffée de poussière en s'échappant du tronc. Voilà en quoi consiste la magie des fées Conteuses. Tout ce qu'elles narrent prend vie.

Le conte de Tor enchante son auditoire. Les fées voient Pixie Hollow comme il était jadis, avec ses montagnes violettes, ses ruisseaux cristallins et ses champs de tournesols qui s'étendent à perte de vue. Et partout, des myriades de fées volant, jouant et vivant en toute quiétude.

Puis soudain, la scène s'assombrit alors qu'une force maléfique menace le monde des fées. Aucun des Conteurs n'ose prononcer le nom de cette entité par peur de la convoquer sans le vouloir. Dans l'histoire de Tor, cette menace plane sur Pixie Hollow sous la forme d'un nuage noir.

Les fées d'antan savent que leur monde est en danger. Elles font appel à toute la magie qui l'habite pour le protéger, mais elles ne réussissent pas à sauver tout ce qui les entoure. Impuissantes, elles voient le nuage noir aspirer l'Arbre à poussière.

Aussi brave que Clochette puisse être, elle a de la difficulté à supporter cette partie du récit. Sans réfléchir, elle ferme les yeux et tâtonne pour s'emparer de la main de Terence, puis les ouvre aussitôt. Sa main n'a rencontré que le vide. Elle a oublié que l'homme-hirondelle n'est pas assis près d'elle.

Clochette regarde autour d'elle. Les yeux de Fawn sont humides, ainsi que ceux des autres fées.

C'est ainsi que l'Arbre-aux-Dames en est venu à se dresser au même endroit, raconte Tor. Les fées sont venues des quatre coins de Pixie Hollow pour y vivre et en faire leur demeure. L'Arbre-aux-Dames a rassemblé toutes les fées du Jamais. Puis, nous avons trouvé Maman Colombe, qui nous donne depuis lors la poussière de fées.

Les fées voient alors se dessiner l'image de Maman Colombe et de son plumage scintillant. À la suite de la disparition de l'Arbre à poussière, les fées ont appris à fabriquer la poussière avec les plumes fanées que perd Maman Colombe.

Bien que l'Arbre à poussière ait disparu depuis longtemps, des résidus de poussière flottent encore au-dessus des falaises de la côte nord du Pays Imaginaire, poursuit Tor. Certains soirs, il est encore possible de les entrevoir.

Un nuage scintillant semble apparaître au-dessus des têtes des fées attentives. Il s'évapore lentement alors qu'elles le contemplent, puis il finit par s'estomper complètement.

La foule reste silencieuse pendant quelques instants. Puis, une fée soupire. Une autre détend ses ailes. Le charme est rompu. L'heure du conte est terminée.

Chacun se lève de son siège. Quelques Musiciennes entament une mélodie et certaines fées restent pour danser. D'autres se dirigent vers le salon de thé dans l'espoir d'y dénicher quelques biscuits sucrés.

Clochette entend l'estomac de Fawn gargouiller.

Les histoires tristes me donnent toujours faim, explique Fawn. Accompagne-moi au salon de thé.

Avec joie, dit Clochette. Et si nous invitions Terence et Rosetta à se joindre à nous? ajoute-t-elle.

Bonne idée, répond Fawn. Rosetta ne dit jamais non au dessert.

Les deux fées volent aile contre aile en direction de Terence et de Rosetta. Mais au moment même où elles arrivent près d'eux, les Musiciennes entament un air très entraînant.

Rosetta bondit de son siège.

C'est ma chanson préférée, s'exclame-t-elle. Viens danser, Terence! dit-elle en s'emparant des mains de ce dernier. En l'espace d'un clin d'œil, les deux s'envolent vers le ciel et s'éloignent en virevoltant.

5

Clochette est si ébahie que son scintillement vacille. Elle regarde Terence et Rosetta virevolter dans les airs. Ni l'un ni l'autre n'ont daigné lui accorder un regard.

Clochette regarde Terence s'éloigner. Elle espère vaguement qu'il va faire demi-tour et revenir vers elle. Mais Terence disparaît bientôt de sa vue.

« De toute façon, je n'ai pas vraiment envie d'être avec eux! songe-t-elle. J'ai vraiment autre chose à faire que de regarder deux petites fées danser. »

Faisant fi de l'air surpris de Fawn, Clochette pivote sur elle-même et s'enfuit à tire-d'aile en direction de son atelier.

Une fois à l'intérieur, elle claque la porte derrière elle. Toujours furieuse, elle envoie valser le

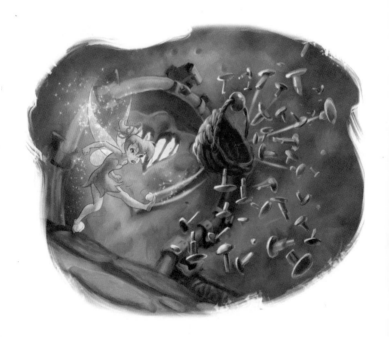

basquet rempli de rivets d'un coup de pied. Les rivets volent aux quatre coins de l'atelier propre et rangé, ce qui attise davantage l'humeur noire de Clochette.

Chaque fois que je vois Terence, il m'ignore complètement ! fulmine-t-elle.

Elle volette de long en large à travers les airs.

Il fait pratiquement tout pour m'éviter. Sans compter qu'il n'est pas venu me voir depuis… depuis… *Oh !*

Clochette se laisse tomber lourdement sur un siège. Elle vient de comprendre qu'après avoir dit à Terence de la laisser tranquille, c'est exactement ce qu'il a fait.

La colère la quitte aussi subitement que l'air sort d'un soufflet, pour faire place aussitôt aux regrets.

« Je n'ai pas été très gentille avec lui, songe-t-elle avec un soupir. »

Ses épaules s'affaissent.

« C'est terrible de perdre un ami », se dit Clochette.

Mais Clochette n'est pas du genre à s'apitoyer sur son sort pendant très longtemps. À son avis, les problèmes sont comme les pots cassés; on arrive toujours à les réparer. Après tout, n'est-elle pas la meilleure fée Rétameuse de tout Pixie Hollow? Elle va certainement trouver une solution. C'est ce qu'elle fait d'ailleurs après avoir réfléchi quelques instants.

Je vais regagner son amitié! s'écrie-t-elle. Je vais montrer à tout le monde combien je suis une bonne amie.

Elle bondit d'excitation à l'idée.

Mais comment vais-je m'y prendre? dit-elle en voletant à nouveau de long en large.

L'idée de s'excuser n'effleure même pas Clochette. Seuls les Empotés font cela. Elle dirait plutôt quelque chose du genre. « Je ferais

64

vol arrière si je le pouvais. » Mais cette idée ne l'effleure pas non plus. Elle est trop occupée à trouver une façon plus élaborée, plus originale de démontrer ses sentiments.

Je vais lui offrir un cadeau, dit-elle. Quelque chose de rare et de merveilleux. Les idées se bousculent dans sa tête. Un doublon de pirate en or? Un bouquet d'éternelles, des fleurs qui ne se fanent jamais?

Clochette secoue la tête. Bien que ces cadeaux soient merveilleux, Terence leur accorderait-il beaucoup d'importance? Décidément, Clochette préfère lui donner quelque chose qui ne convient qu'à lui.

« Terence est un Empoudreur, muse-t-elle, il adore la poussière autant que je raffole des chaudrons et des casseroles. Mais je ne peux pas lui offrir de la poussière, puisqu'il en a autant qu'il veut. »

« Ou peut-être que non ? se dit Clochette alors qu'elle se remémore la fin de l'histoire racontée par Tor : bien que l'Arbre à poussière ait disparu depuis longtemps, des résidus de poussière flottent encore au-dessus des falaises de la côte nord du Pays Imaginaire. »

Mais oui ! La poussière de fées est toujours la même, sauf qu'elle provient maintenant des plumes de Maman Colombe. Mais Clochette pourrait offrir à Terence des résidus de poussière provenant de l'Arbre disparu !

Clochette imagine le visage que fera Terence lorsqu'elle lui remettra les derniers résidus de poussière d'Arbre qui flottent encore dans le monde ! Il sera si impressionné !

La côte nord du Pays Imaginaire se trouve à mille lieues de Pixie Hollow. Clochette voyagerait pendant des jours, et le périple s'avérerait certainement périlleux. Cependant, le défi stimule Clochette.

Je vais partir ce soir, dit-elle. Je dois apporter de la nourriture et des réserves de poussière pour le vol...

Les yeux de Clochette s'arrêtent sur la boussole. Elle serait du voyage, bien entendu. La boussole pointerait tout droit vers la côte nord. Comme elle avait fait preuve de sagesse en empêchant Twire d'ajouter la boussole à sa collection de ferraille !

Clochette se met à empiler ce qu'elle va emporter par-dessus la boussole : un chandail, une gourde, un sac de myrtilles séchées, une couverture de laine, un poignard de rechange, une pochette imperméable pour y entasser les réserves de poussière, quelques biscuits, une tasse en fer-blanc, un sachet de thé...

La fée recule d'un pas. Les articles empilés lui arrivent presque à la taille. Par l'île du Jamais, comment va-t-elle transporter tout cela ?

— Dans une montgolfière! s'exclame-t-elle en claquant des doigts!

Les fées utilisent les énormes ballons remplis de poussière de fées auxquels sont suspendus de grands paniers pour transporter les charges lourdes. Certaines montgolfières sont assez grandes pour loger cinquante fées. D'autres, plus petites, sont parfaites pour transporter une fée munie d'une boussole et de son bric-à-brac.

Clochette sait bien qu'elle ne devrait pas emprunter une montgolfière sans en parler à quiconque, mais elle craint que Reine Clarion ne l'empêche de partir si elle vient à apprendre ce que mijote Clochette.

« Par ailleurs, raisonne Clochette, si d'autres fées apprennent ce que je projette, elles pourraient gâcher la surprise. Les fées n'ont aucun talent pour taire les secrets. »

Je ne serai absente que quelques jours, dit-elle. Je suis certaine que les autres fées ne s'apercevront pas du tout de mon absence.

Clochette sait que les fées Blanchisseuses amarrent de petites montgolfières aux racines qui jonchent le sol de la blanchisserie. La Rétameuse doit trouver une façon d'en sortir une sans qu'on la remarque.

Je vais devoir attendre que tout le monde soit couché, chuchote-t-elle pour elle-même.

La fée approche son petit tabouret de la fenêtre et se met à ronger son frein.

6

La lune est haute dans le ciel. À l'intérieur de l'Arbre-aux-Dames, tout est sombre et silencieux. Même les lucioles qui illuminent Pixie Hollow la nuit ont éteint leurs feux.

Aussi doucement que possible, Clochette empile ses effets dans la nacelle de la montgolfière. Elle s'empare ensuite de l'amarre et file immédiatement vers le ciel. Elle contourne l'Arbre-aux-Dames en prenant soin de ne pas empêtrer le ballon dans les branches.

Elle survole la grange où dorment les souris Laitières et s'élève de plus en plus haut dans le ciel, jusqu'à ce qu'elle surplombe la cime des arbres. Elle consulte la boussole à intervalles réguliers et frémit de plaisir en voyant l'aiguille pointer invariablement vers le nord, lui indiquant la route à suivre.

Une quinzaine de minutes s'écoulent avant qu'elle ne jette un coup d'œil vers le sol. Quelle n'est pas sa déception de constater qu'elle vient à peine de survoler le ruisseau Havendish !

« À cette vitesse, je mettrai des semaines à atteindre la côte nord ! » se dit-elle.

Mais la chance est de son côté. Clochette sent le vent tourner et pousser la nacelle contre ses talons.

Clochette monte dans l'habitacle et se laisse porter par le vent. En un rien de temps, elle atteint la limite de Pixie Hollow. La Forêt du

Jamais s'étale sous ses pieds comme une grande mer sombre.

Un papillon de nuit vole à sa rencontre. Il papillonne tout autour, attiré par le scintillement de la fée. Lorsque celle-ci agite les bras,

le papillon s'éloigne. La fée s'appuie contre la paroi de la nacelle. Là-haut, le ciel noir est parsemé d'étoiles. Bercée par le doux mouvement du panier, Clochette sent ses paupières s'alourdir. Quelques instants plus tard, elle dort déjà d'un sommeil profond.

Clochette se réveille en sursaut. La montgolfière s'est arrêtée. La fée jette un coup d'œil par-dessus bord et constate que les cordes qui retiennent le ballon au panier se sont empêtrées dans les branches d'un grand chêne. La montgolfière a dérivé trop bas pendant que la fée dormait.

Clochette descend de la nacelle et va se poser sur une branche pour tenter de dégager les cordes.

La fée entend soudain quelque chose renifler derrière elle. Elle pivote sur elle-même et voit deux yeux rouges qui la guettent dans le noir.

Le souffle coupé, Clochette bondit en l'air. À travers les branches, elle aperçoit d'autres créatures tapies sur les branches autour d'elle. Elle se bute à une paire d'yeux rouges, peu importe la direction où son regard se pose! Clochette est prise au piège!

L'une des créatures se met à avancer vers la fée. Celle-ci inspire profondément et scintille de tous ses feux, dans l'espoir d'effrayer l'intrus.

Cela fonctionne! La créature siffle et se réfugie à l'autre bout de la branche. À la lumière de son scintillement éclatant, Clochette entrevoit le museau long et pointu d'un opossum.

La fée tente de se rappeler tout ce qu'elle sait au sujet de ces créatures. Elles ne mangent pas les fées — n'est-ce pas? Fawn lui a déjà raconté une histoire au sujet des opossums, mais

Clochette ne s'en souvient pas. Mais pourquoi n'a-t-elle pas fait plus attention !

Ce que Clochette sait, par contre, c'est qu'il lui arrive toujours des mésaventures. Elle a atterri dans la demeure des opossums, et ces derniers sont bien plus gros qu'elle. S'ils se sentent menacés, Clochette court un grand danger.

Clochette se pose à nouveau très prudemment sur la branche. Tandis qu'elle garde l'œil sur le plus gros des opossums, la fée tire sur les cordes emmêlées. Chaque fois qu'un opossum bouge, elle fait étinceler son scintillement.

Au moment même où Clochette s'empare de la dernière corde, elle entend un grondement sourd. Le plus gros des opossums s'est enfin décidé. La créature ne veut pas de Clochette dans son logis et dévoile une rangée de dents acérées. Désespérée, Clochette tire un bon coup sur la corde et réussit à la libérer. Elle s'empare de l'amarre et se précipite dans une ouverture entre les branches en entraînant le ballon avec elle.

Le craquement des branches au passage du ballon surprend les opossums, qui reculent juste assez pour ouvrir la voie à Clochette. La fée vole à tire-d'aile hors de l'arbre sans s'arrêter.

Une fois rendue bien au-dessus de la forêt, la Rétameuse s'arrête enfin. Elle grimpe dans la nacelle et se recroqueville en tremblant. Avoir autant brillé l'a épuisée.

Clochette laisse la montgolfière dériver au gré du vent. La direction lui importe peu, pour autant que ce soit loin du chêne. La chance est toujours avec elle. Lorsqu'elle consulte la boussole, elle constate qu'elle n'a pas perdu le nord.

Clochette passe le reste de la nuit à se pincer le bras, car elle a terriblement peur de se rendormir. Lorsque le vent tourne, elle quitte la nacelle et vole dans la direction indiquée par la boussole pour ne pas perdre la route.

Elle aperçoit enfin une mince lueur rougeâtre à l'horizon. Clochette dirige la montgolfière à l'orée d'une petite clairière et fixe l'amarre à la racine d'un arbre.

Bien à l'abri sous un rosier sauvage, elle déroule sa couverture, cueille un bouton de rose en guise d'oreiller et se pelotonne sur une feuille. Elle peut enfin dormir.

7

Lorsque Clochette ouvre les yeux, le soleil est déjà haut dans le ciel. Elle entend le bruit des vagues sur la plage.

« Je dois me trouver près de l'océan, songe-t-elle à moitié endormie. »

Cette pensée suffit à la réveiller tout à fait. Le bruit des vagues ne peut signifier qu'une chose. Elle a atteint la côte nord !

« Mais comment est-ce possible ? se demande Clochette. La côte nord se trouvait sûrement à un autre jour de vol d'ici. »

La fée se rue vers le ciel jusqu'à ce qu'elle puisse voir, par-delà la cime des arbres, une étendue d'eau aigue-marine scintiller au loin.

C'est bien l'océan! s'écrie-t-elle.

Clochette redescend à toute vitesse vers son camp pour vérifier dans quelle direction pointe l'aiguille de la boussole. Elle indique l'eau! s'extasie la fée en dansant de joie. Elle a *bien* atteint la côte nord du Pays Imaginaire!

La fée avale rapidement une myrtille séchée et une gorgée d'eau de sa gourde. Puis, elle remballe ses affaires, les replace dans la nacelle et se précipite à travers les bois.

Elle distingue de mieux en mieux le bruit du ressac. Elle entrevoit aussi des coins de ciel bleu entre les arbres.

J'y suis presque!

Clochette finit par émerger en plein soleil. Éblouie par la lumière vive après avoir cheminé dans la pénombre de la forêt, elle volette sur place l'espace de quelques secondes. Elle entend aussi comme une mélodie planer au-dessus du bruit des vagues.

« C'est comme si quelqu'un chantait », songe-t-elle.

Ses yeux s'étant habitués à la lumière, Clochette regarde autour d'elle. Une plage de fin sable blanc s'étend à perte de vue. L'eau bleue clapote doucement contre le rivage. Les ramages des cocotiers bruissent sous le vent.

« Cette plage m'est familière », songe Clochette.

C'est alors qu'elle remarque un gros rocher recouvert d'algues qui se dresse hors de la mer. Une belle jeune fille est assise sur le rocher. Sa longue queue en écailles scintillantes est lovée contre la paroi du rocher.

Aussitôt, le cœur de Clochette bondit dans sa poitrine. La mélodie qu'elle a entendue est celle que fredonnait la sirène. Elle n'a pas du tout atteint la côte nord. Elle se trouve au lagon des sirènes, situé à moins d'une heure de vol de Pixie Hollow.

Furieuse, Clochette volette en rond de colère.

Mais comment cela est-il possible ? gémit-elle.

Elle a vérifié sans cesse qu'elle se dirigeait bien vers le nord en se fiant à l'aiguille de la boussole. Comment avait-elle pu aboutir au lagon ? Tout le monde au Pays du Jamais savait bien que le lagon se trouvait de l'autre côté de l'île...

La fée se laisse tomber sur le sol. Comment a-t-elle pu être aussi bête ? Une boussole n'est d'aucune utilité sur l'île du Jamais ! Bien qu'elle pointe toujours vers le nord, l'île tourne sans cesse dans la direction de son choix. Contrairement à la plupart des îles, celle du Jamais flotte librement sur l'océan.

La nuit dernière, tandis que Clochette volait stoïquement vers le nord, l'île du Jamais avait pivoté sur elle-même. De sorte que la fée était tout simplement revenue à son point de départ.

La côte nord. Quel nom stupide! grogne Clochette. On devrait pincer au sang celui qui l'a baptisée ainsi. Quant à ce bout de ferraille...

L'humeur furibonde, Clochette traîne la boussole jusqu'à la mer et la jette à l'eau. Celle-ci disparaît sous les flots avec un grand « plouf! »

Une fois revenue sur la plage, Clochette se jette sur le sable et résiste à l'envie de pleurer.

Je n'abandonnerai pas! se dit-elle. Je vais me rendre sur la côte nord même si je dois voyager pendant toute une semaine!

La volonté de Clochette n'a d'égal que le fer des chaudrons qu'elle rétame. Elle n'a jamais échoué auparavant et elle n'entend pas échouer cette fois non plus.

Plus décidée que jamais, Clochette se lève et tend la main pour s'emparer de l'amarre de la montgolfière. Mais en vain. Clochette pivote sur elle-même et constate que la montgolfière a disparu.

Levant les yeux vers le ciel, elle voit le gros ballon flotter au loin. Dans sa rage contre la boussole, Clochette a oublié d'amarrer l'aéronef au sol. Impuissante, Clochette voit la montgolfière dériver au-dessus d'un cocotier et disparaître au tournant.

Horrifiée, la fée se tord les mains de désespoir. Elle a perdu toute une montgolfière ! Que dirait la Reine si elle l'apprenait ? Que dirait Terence ?

Mis à part la montgolfière, Clochette a aussi perdu sa nourriture et sa gourde. Elle devra se débrouiller pour en trouver à partir de maintenant. Heureusement qu'elle porte sa réserve de

poussière sur elle! La fée estime que sa réserve durera quatre jours, après l'avoir vérifiée.

Clochette est plus résolue que jamais à dénicher les résidus de poussière de l'Arbre d'autrefois. Elle veut prouver à tout le monde que son périple n'est pas vain.

La fée s'envole à travers les bois. Voyager de jour est beaucoup plus facile. Elle sait qu'en gardant la montagne Torth à sa droite, elle arrivera à maintenir le cap.

Clochette vole toute la matinée durant. Se sentant trop lasse pour continuer, elle s'arrête près d'un petit ruisseau pour s'abreuver et se reposer un peu.

Elle songe au périple qui l'attend et à son passage à travers la forêt qui s'étendrait sur des kilomètres.

« À travers la forêt sombre et hostile, songe-t-elle en frissonnant, où pourrait m'attendre un serpent sur une branche ou une chouette ou une autre créature terrifiante. Un monstre prêt à ne faire d'une fée qu'une seule bouchée… »

Clochette secoue la tête. Qu'est-ce qui lui prend ? Elle n'a jamais eu peur de la forêt auparavant. Du temps qu'elle avait passé auprès de Peter Pan, elle ne vivait que pour ce genre d'aventure.

Mais cette fois-ci, trop de choses ont mal tourné : les opossums, la boussole, la montgolfière. Elle a accumulé les erreurs. Peut-être qu'elle n'aurait pas dû accomplir ce périple toute seule.

Clochette se lève en chassant cette idée.

Je dois tout simplement me mettre quelque chose sous la dent, se dit-elle. Je me sentirai aussi vigoureuse qu'une crosse de fougère après avoir mangé.

En aval du ruisseau, Clochette aperçoit un buisson chargé de groseilles lustrées et dodues; elle s'envole vers lui.

Tandis qu'elle se bat pour cueillir une mûre, elle a soudain l'impression qu'on l'observe. Elle laisse tomber la baie et se cache au creux du buisson. Sa mésaventure avec les opossums étant encore fraîche à sa mémoire, la fée scrute les alentours. Chaque feuille est immobile et l'air est silencieux. Elle ne voit rien qui...

Oh que si! Là, derrière! Deux oreilles de renard viennent de surgir derrière une souche!

Clochette frémit. Les renards *mangent* les fées lorsqu'ils ont très faim. Tendant les muscles, la fée prépare sa fuite.

Les oreilles se dressent davantage. Mais elles n'appartiennent pas à un renard! Elles sont rattachées à la tête d'un garçon.

La Plume! s'écrie Clochette.

La Plume appuie un doigt contre ses lèvres. Mais il est trop tard. Un éclair vert fond en piqué à toute vitesse.

Peter Pan se tient devant eux.

8

Clochette esquisse un grand sourire. Bien que la relation entre elle et Peter ait connu des hauts et des bas, la fée est toujours ravie de le revoir. Elle se précipite hors du buisson pour aller à sa rencontre.

Clochette! s'exclame Peter. Tu arrives à point.

Il y avait des semaines que les deux amis ne s'étaient pas vus, mais Peter se conduisait comme si Clochette ne s'était absentée que quelques minutes.

J'allais justement dénicher La Plume, lui dit-il.

C'est pas vrai! fuse la voix derrière la souche. Ou du moins, jusqu'à ce que Clochette me trahisse, rétorque La Plume en dressant la tête pour faire une grimace à Clochette.

Peter tend le bras et tapote La Plume sur la tête.

Je te choisis, clame Peter.

Lorsque Peter prononce cette phrase, un bruissement se fait entendre. Le Frisé, Bon Zigue et les Jumeaux sortent des buissons où ils se cachaient.

Clochette inspecte les garçons dans leur costume d'animal défraîchi. L'un d'eux manque à l'appel.

Où est La Flèche? demande-t-elle à Peter.

Parfois il s'endort, dit Peter en haussant les épaules. Puis, il saute sur une branche et sort la tête d'entre les feuilles. La Flèche! La Flèche, montre-toi! lance-t-il.

Personne ne répond.

La Flèche! La Flèche! lancent en chœur les Garçons Perdus.

Ils n'obtiennent toujours aucune réponse.

Peter, regarde! s'écrie soudain l'un des Jumeaux. Les traces de pas de La Flèche se rendent jusqu'ici! Puis, elles disparaissent!

Peter saute sur le sol pour examiner les traces.

Il s'est volatilisé, dit-il en sifflant sourdement. Il n'y a qu'un moyen d'expliquer cela.

Les Garçons le regardent, les yeux ronds.

La Flèche s'est fait enlever! déclare Peter.

Clochette laisse tomber un petit cri. La Flèche a beau ne pas trop lui plaire à cause de sa manie d'essayer de l'attraper pour l'enfoncer dans sa poche, mais de là *à se faire enlever!*

Bataillon, nous devons sauver La Flèche, dit Peter en se tournant vers les Garçons Perdus. Mais il peut y avoir du danger, dit-il les yeux brillants.

C'est justement là le genre d'aventure dont ils raffolent.

Seuls les plus braves d'entre vous peuvent me suivre, ajoute-t-il.

Les Garçons Perdus, voulant tous compter parmi les plus braves, se précipitent pour former une file derrière Peter. Seule Clochette hésite.

Tu es avec nous, Clochette? lui dit Peter en se retournant.

Il esquisse un sourire téméraire. Aussitôt, il semble à Clochette que ses aventures avec Peter ne datent que d'hier. Tremblante d'excitation, la fée en oublie sa quête pour la poussière d'Arbre.

Bien sûr que oui! s'écrie-t-elle.

En avant, tous! dit Peter.

La petite bande se met en branle pour traverser la forêt, Clochette volant en tête. Mais ils n'ont franchi qu'une petite distance lorsque Clochette pousse un cri. Peter s'arrête aussitôt et les Garçons derrière lui se heurtent les uns contre les autres.

Clochette se pose sur le sol tout près d'une trace de patte dans la boue.

Des marques! C'est du beau travail, Clochette, dit Peter. Il s'agenouille à côté de la

fée pour étudier l'empreinte. Elle appartient à un tigre. Un très gros tigre, d'après ce que je vois! ajoute-t-il.

La petite troupe aperçoit une autre empreinte un peu plus loin. Clochette, Peter et les Garçons se mettent à suivre les traces. Celles-ci les ramènent exactement là où elles s'arrêtaient pour commencer.

Oh non! fait Clochette en comprenant ce qui s'est passé.

Elle regarde Peter avec de grands yeux.

Pauvre La Flèche. Il s'est fait dévoré par un tigre, dit Peter en secouant la tête avec tristesse.

D'un parfait accord, les Jumeaux ouvrent la bouche. Le Frisé devient aussi pâle que le ventre d'un poisson. Tous les Garçons ont les yeux rivés sur Peter.

Recueillons-nous, les Garçons, commande Peter. En l'honneur de ce pauvre vieux La Flèche.

En reniflant bruyamment, les Garçons Perdus inclinent la tête. Clochette se pose sur l'épaule de Peter et réduit cérémonieusement son scintillement.

Peter entame un petit discours.

Nous n'oublierons jamais La Flèche. C'était un as du lance-pierres.

Oui, dit Le Frisé, sauf lorsqu'il ratait la cible.

Notre ami La Flèche... poursuit Peter.

Grrr! Un grognement sourd résonne soudain au-dessus de leurs têtes.

Le tigre! s'égosille Le Frisé. Il se met à courir, mais trébuche sur les Jumeaux. Les trois amis s'effondrent en tas comme une masse.

Clochette va se réfugier sur une branche. Puis, elle se met à rire.

Ce n'est pas un tigre, dit-elle. C'est La Flèche!

Le grognement se fait entendre à nouveau. Tout le monde se rend compte que le bruit n'est pas un rugissement de tigre, c'est l'estomac vide de La Flèche qui gargouille.

Qu'est-ce que tu fais là? demande Peter.

Je me cache, répond La Flèche en regardant Peter du haut de la corde qui le retient ficelé comme un saucisson. Je crois bien avoir trouvé la meilleure cachette.

Quelques jours auparavant, Peter et les Garçons Perdus avaient installé un piège, dans l'espoir d'attraper un tigre. La Flèche a déclenché le mécanisme sans le vouloir en cherchant un endroit pour se cacher.

Mais les Garçons n'en croient rien du tout.

Ha! ha! ricane La Plume. La Flèche s'est fait prendre au piège! La Flèche s'est fait prendre au piège!

La Flèche s'est fait prendre au piège! reprennent en chœur les autres Garçons.

Peter vole jusqu'à la branche. Comme il s'empare de son couteau pour couper la corde qui retient son ami, un grognement sourd et profond retentit. Toutes les têtes se tournent vers La Flèche.

Ce n'est pas moi, dit La Flèche avec nonchalance.

Le tigre! s'écrie Peter au moment même où une énorme bête bondit des buissons.

Juchés dans l'arbre, La Flèche, Peter et Clochette sont bien à l'abri. Mais le tigre se dirige tout droit vers les autres Garçons Perdus.

Sans réfléchir, Clochette s'empare de son sac à poussière de fées et verse le contenu sur les Garçons toujours au sol.

Envolez-vous! hurle-t-elle.

Sans perdre une seconde, les Garçons Perdus bondissent en l'air. Ils échappent de justesse aux griffes du tigre et se réfugient eux aussi sur les branches des arbres voisins. En bas, sur le sol, le tigre rôde d'un arbre à l'autre. Il remue la queue en fixant ses proies de ses yeux jaunes. Mais la petite bande est hors d'atteinte.

Tu ne nous auras pas! crie Peter au tigre.

Gnagna! Tigre, tu ne nous auras pas! reprennent les Garçons en arrachant des petits fruits garnissant les branches pour les lancer sur le tigre.

Mécontent, le tigre finit par s'en aller. Lorsque Peter est certain que le tigre n'est plus là, il libère La Flèche.

Nous lui avons montré, à ce tigre! déclare La Plume en bombant le torse.

Non! Si ce n'avait été de Clochette, tu lui aurais servi de repas, lui dit Peter.

Les Garçons doivent reconnaître que c'est bien vrai. Ils se tournent vers la fée.

Hourra pour Clochette! l'acclament-ils. Le scintillement de Clochette tourne au rose tandis qu'elle rougit.

Elle mérite une récompense pour sa bravoure, dit Peter en fouillant dans sa poche.

Il finit par en sortir une perle dorée de la grosseur d'un petit pois. Il enfile la perle sur un brin d'herbe et noue celui-ci autour du cou de Clochette.

Nous remettons cette médaille à Clochette, claironne-t-il, la fée la meilleure et la plus brave de l'île du Jamais !

Le cœur de Clochette s'emplit de fierté. Comment avait-elle pu douter d'elle-même ? Elle est *la fée* la meilleure et la plus brave. Et elle le prouverait d'ailleurs !

Peter, je dois me rendre sur la côte nord, dit-elle. Peux-tu me dire si c'est encore loin ?

À une demi-journée de vol, peut-être, répond Peter. Mais, Clochette, ne préfères-tu pas rester pour jouer ?

Clochette sourit et vérifie le contenu de son sac à poussière. Il en reste un peu au fond, assez pour qu'elle poursuive son chemin.

Je te reverrai très bientôt, dit-elle à Peter.

Elle agite la main en direction des Garçons. Puis, en serrant sa médaille contre sa poitrine, elle met le cap à nouveau sur la côte nord.

9

Lorsque le soleil décline à l'horizon, Clochette est lasse d'avoir autant volé. Mais son humeur est au beau fixe. Le vent est plus frais et l'air salin lui chatouille les narines. Elle est certaine que la côte nord est tout près.

Le ciel passe du pourpre au noir. Le vent se fait plus fort et encore plus frais. Il engourdit les mains et les oreilles de Clochette; celle-ci songe avec regret au chandail qui s'est envolé avec la montgolfière.

Une grosse lune ronde et pleine se lève. À Pixie Hollow, la danse des fées va commencer. Clochette imagine ses amis dansant dans la ronde, vêtus de leurs plus beaux atours. Elle entend presque la musique sonner et les rires fuser. L'espace d'un instant, elle regrette de ne pas se trouver parmi eux.

Mais elle ne peut plus abandonner maintenant.

Clochette escalade une crête. Un peu plus loin, le sol se dérobe pour faire place à la mer. Le rivage parsemé de gros rochers est balayé par les vagues.

La côte nord ! s'exclame Clochette avec émerveillement. J'ai réussi ! J'ai réussi !

C'est bien vrai cette fois. Un nuage argenté étincelant flotte dans l'air, tout juste au-dessus des vagues.

« Voilà les résidus de poussière, comme le disait Tor, songe-t-elle. »

Clochette se met à battre des ailes. Quelques instants plus tard, elle vole à la surface de l'eau. Le bruit du ressac gronde à ses oreilles. De grandes gerbes d'écume la laissent trempée des pieds à la tête.

Mais où est passée la poussière de fées ?

Clochette volette sur place en regardant de droite à gauche. Mais l'air humide et brumeux lui brouille la vue. Ses ailes s'alourdissent au contact des embruns.

Sous ses ailes, la fée voit l'eau tourbillonner contre les rochers. Saisie d'effroi, elle se rend compte qu'en cas de chute, elle serait happée par les vagues.

Clochette retourne sur le rivage à toute vitesse. Elle va se poser sur un rebord bien sec taillé à même la paroi d'un rocher et tente de repérer à nouveau la poussière de fées. La voilà !

Mais à cet instant, un nuage obscurcit la lune. Sous les yeux de Clochette, la poussière

de fées se métamorphose; elle ne scintille plus. Elle n'est pas vraiment argentée non plus; elle n'est...

Ce n'est que des embruns! constate Clochette la voix tremblante. Ce qu'elle croyait être les résidus de la poussière de fées d'autrefois n'est que des embruns scintillant sous le clair de lune.

Quelque chose ne va pas. Elle doit se trouver au mauvais endroit. Les véritables résidus de poussière devaient être ailleurs. Il le fallait!

Clochette scrute la côte entière afin de dénicher les résidus. Mais en vain.

Je suis venue jusqu'ici pour rien, dit-elle. J'ai... échoué.

La fée vacille sur ses jambes. Elle s'accroche à la paroi rocheuse pour ne pas tomber. Elle n'a jamais échoué auparavant. Et jamais si lamentablement.

Elle finit par se reprendre en main et se redresse. Elle arrache de son cou la médaille que Peter lui a donnée et la regarde avec mépris.

La meilleure, raille-t-elle. Je ne suis pas la meilleure en quoi que ce soit.

Clochette n'a même pas la force de lancer la médaille à la mer. Elle ouvre la main et la laisse tomber. La perle rebondit contre la paroi du rocher et bascule dans l'eau.

Clochette vole lentement à travers la forêt en direction de Pixie Hollow. Lorsqu'elle se sent trop fatiguée pour continuer, elle se pose au cœur d'une grosse fleur et se pelotonne contre les pétales pour se reposer un peu. Mais elle n'arrive pas à dormir. Mille pensées tourbillonnent dans sa tête comme les feuilles sous le vent d'automne.

Après tant d'efforts, elle n'a rien à offrir à Terence.

Il ne voudra jamais redevenir mon ami maintenant, murmure-t-elle.

Clochette sait bien qu'elle devrait voler le plus vite possible car ses réserves de poussière de fées sont presque complètement épuisées.

Si elle devait en manquer, elle ne pourrait peut-être jamais rentrer chez elle. Mais Clochette prend tout son temps. Après tout, qu'est-ce qui l'attend là-bas?

Tandis que Clochette songe à tout cela, elle entend un bruit de fracas suivi d'un « boum! » pas très loin d'elle.

Oh non! grogne une voix.

Clochette contourne un figuier à toute vitesse et se faufile à travers un nœud de lianes. Elle aperçoit un gros trou dans le sol et s'approche tout doucement pour regarder dedans.

La Flèche la regarde droit dans les yeux.

Clochette! s'écrie-t-il gaiement.

Mais qu'est-ce que tu fais là? lui demande-t-elle.

Oh! je suis tombé dans un autre piège! dit La Flèche en rougissant. Nous avons creusé celui-ci la semaine dernière pour attraper un

ours, disait Peter. Seulement, on dirait que c'est moi qu'on a attrapé.

Espèce de nigaud, dit Clochette.

La Flèche acquiesce. Il est habitué à ce qu'on le traite de nigaud, entre autres.

Tu veux bien me donner de la poussière de fées pour que je sorte d'ici en volant ? demande-t-il.

Clochette lève les yeux au ciel. Elle a bien trop à faire pour s'occuper de ce garçon.

« D'un autre côté, songe-t-elle avec un soupir, je ne peux pas le laisser à la merci des animaux sauvages. »

Mais Clochette n'a plus que la poussière qui recouvre ses ailes. Elle n'en a pas assez pour faire voler La Flèche hors du trou. Elle regarde aux alentours et voit une longue liane pendre d'un arbre. Battant des ailes de toutes ses forces, elle tire l'extrémité de la liane jusqu'au trou et la jette à l'intérieur.

La Flèche s'en empare et se hisse hors du trou. Il s'assoit sur le bord en soufflant comme un bœuf.

Tu jures de ne pas le dire à Peter? demande-t-il après avoir repris son souffle.

Clochette n'a nullement l'intention de promettre quoi que ce soit. Si Peter s'était trouvé là, elle lui aurait tout raconté sur-le-champ. En son absence, elle préfère ne rien dire.

La Flèche interprète son silence comme un oui.

Clochette, tu mérites une médaille pour ta bravoure, dit-il en faisant de son mieux pour imiter Peter.

Il fouille dans ses poches, mais ne trouve que quelques cailloux. Il n'a rien qui puisse servir de médaille.

La Flèche se gratte le crâne. Ce faisant, ses doigts frôlent la plume de moineau qu'il a enfoncée dans son bonnet. Bien que Peter interdise aux Garçons Perdus de porter une plume dans leur bonnet, car il en porte une lui-même, celle de La Flèche est si petite que Peter ne l'a jamais remarquée.

La Flèche offre cérémonieusement la plume à Clochette.

Ce n'est qu'une plume de moineau, fait-elle en retournant la plume entre ses doigts.

C'est ce que j'ai de plus précieux, dit La Flèche en haussant les épaules. J'espère que tu en prendras bien soin.

Agitant la main, il s'enfuit en courant rejoindre les autres Garçons.

Immobile, Clochette regarde la plume. Puis, elle bondit en l'air et se remet à voler en direction de chez elle. Elle sait exactement ce qu'elle doit faire.

10

Clochette rentre à Pixie Hollow juste avant le repas du soir. Lorsqu'elle s'approche de l'Arbre-aux-Dames, des effluves de marrons grillés lui chatouillent les narines. Elle en a l'eau à la bouche. Lors des deux derniers jours, elle a dû se contenter de baies pour toute nourriture.

Mais Clochette poursuit son chemin. Elle a quelque chose à faire avant de manger.

En arrivant devant son atelier, Clochette s'arrête tout net. Terence, Silvermist, Iridessa, Rosetta et Fawn sont à sa porte.

Clochette volette sur place en hésitant. Elle sait bien qu'elle devra faire face à tout le monde tôt ou tard, mais elle ne s'attendait pas à le faire si vite.

« Mais que font-ils ici? » se demande-t-elle.

Ils attendent Clochette, bien sûr. Terence a été le premier à remarquer son absence. Lorsqu'elle n'était pas venue à la danse des fées, il était allé voir les amies de Clochette. Mais aucune d'entre elles ne l'avait aperçue. Après avoir fouillé Pixie Hollow de fond en comble, ils s'étaient postés près de son atelier pour l'attendre et s'inquiéter.

Si Clochette est surprise de les voir tous, ses amis sont encore plus ébahis par l'apparence de leur amie. Personne n'a jamais vu la fée dans un tel état! Sa robe est déchirée et ses bras sont couverts d'égratignures. Des mèches folles s'échappent de sa queue de cheval.

Les quatre fées se précipitent à sa rencontre.

Clochette, où étais-tu donc passée ? s'écrie Silvermist.

Nous étions si inquiètes ! ajoute Rosetta.

Que t'est-il arrivé ? demande Fawn.

En temps normal, Clochette déteste qu'on soit aux petits soins avec elle. Mais cette fois, elle est soulagée qu'on l'accueille si chaleureusement. Elle se laisse enlacer et ne proteste pas lorsque ses amies fées lissent ses cheveux.

Tandis que les quatre fées s'affairent autour d'elle, Terence reste à l'écart, ne sachant pas si Clochette est heureuse de le revoir.

Clochette, tu as besoin d'un bon bain, dit Silvermist. Je vais aller chercher de l'eau chaude.

Et tu dois manger, dit Iridessa. Que dirais-tu d'un peu de potage au tournesol ?

Tu te sentiras bien mieux après avoir enfilé une robe neuve, dit Rosetta. Je crois que j'ai tout ce qu'il faut ! Je serai de retour avant que tu ne puisses dire « superbe ».

Tu as besoin de faire une sieste! renchérit Fawn. Je te prête mon oreiller de plumes.

Les quatre fées s'envolent. Terence se prépare à les suivre.

Terence, attends un peu, dit Clochette.

Bien qu'elle ne puisse pas lui offrir de la poussière de l'Arbre d'autrefois, elle peut lui donner autre chose. De plus, Clochette comprend enfin que la nature du cadeau n'a pas d'importance. C'est la façon dont on s'y prend pour l'offrir qui compte.

Clochette entre dans son atelier et se dirige vers la tablette où repose son petit bol en argent. Elle le prend et le dépose entre les mains de Terence.

Tu l'as parfaitement réparé, dit-il. Rien n'y paraît. Tu es la meilleure Rétameuse du monde, Clochette, ajoute-t-il en voulant lui retendre le bol.

Mais Clochette secoue la tête.

Je t'en fais cadeau, dit-elle.

Pourquoi? demande Terence avec un air surpris.

Parce que tu es mon ami, dit Clochette.

Ton ami? Mais j'essaie très fort *de ne plus être ton ami*. Tu m'as dit de te laisser tranquille.

Clochette se met à rire. Terence songe combien il aime ce rire. On croirait entendre des clochettes argentées carillonner.

Je ne voulais pas dire pour *toujours!* s'exclame Clochette. J'étais contrariée, mais là, je ne le suis plus. J'ai parcouru l'île du Jamais d'un bout à l'autre pour dénicher le cadeau parfait pour toi. Ce bol est le premier que j'ai rétamé, poursuit-elle en pointant ce dernier du doigt. J'espère que tu en prendras bien soin.

Terence comprend enfin le geste de Clochette. Le bol peut sembler bien ordinaire, mais venant de la part de Clochette, il représente beaucoup plus. Ce sont des excuses.

Je sais exactement où le mettre, dit-il en souriant.

À la grande surprise de Clochette, il vole vers la tablette et le replace sur celle-ci. Le bol n'a aucune importance pour lui; il ne désire rien d'autre que l'amitié de Clochette.

Je crois qu'il sera en sécurité ici, poursuit-il. Et je peux toujours passer le voir. Maintenant,

tu sembles avoir besoin de te mettre quelque chose sous la dent. Viens-tu manger avec moi ?

Clochette rit. Elle a l'air négligé et sa robe est couverte de poussière, mais peu importe. Elle prend la main de Terence, et les deux amis s'envolent ensemble dans l'air tiède et parfumé du soir.